夷隅川

宇佐美ゆくえ

港の人

夷《い》隅《すみ》川《がわ》——目次

夷《い》隅《すみ》川《がわ》

とめぐり橋

揚水の早や始まりて暁の野を光りつつ水の走れり

このあたりねぐらにしたる水鳥か朝の川面を低くとびゆく

ほのぼのと桜は白し木々はみな芽吹きの色に光る山ひだ

職場への道急ぎつつふりかえる風邪の子ひとり残るわが家を

給食の作業はじまる水槽に舞い入りて浮く花のいくひら

それぞれの暮らしの匂いただよいぬ主婦ばかりなる朝の職場に

過ぎし日のおさなき姿目に顕ちて子らの母校の花にたたずむ

ようやくに一日終りぬやすらぎて汗の匂える作業衣をぬぐ

夜のとばりまだ下りきらぬ城山にあわく光れり春の夕月

雷鳴におびえる園児抱きつつ遠き日の吾子おもい出しぬ

穂すすきを毛やりのごとくなびかせて野遊びすみし園児らの列

みじか日の園舎明るく灯されて幼らは皆母を待ちおり

霜白く勤めに急ぐこの堤きょうも一羽の白鷺にあう

乙女らは幻のごとく声あげて雪降りいでし橋渡りゆく

痛む膝かばいつつゆく霜の道着ぶくれてなお丸きわが影

身弱なる夫をたよりに来し方の心細きもいつか忘れぬ

今日限りの職場なりけり十余年洗いつづけし食器手にとる

夷《い》隅《すみ》川《がわ》

たくましく生きよと鮭の稚魚放つ春の出水の遠き流れに

流れきて繁る木のあり石白き中州の風に吹かれつつ立つ

増水の瀬音たかまり竹林をひたせる水のつかの間に増す

澄めるまま水嵩をます梅雨の川橋のあかりを青く映せる

暮れ時にはや静まりし梅雨の町とうふ屋の灯の一つ明るし

この川のほとりに住みて大方の思い出はみな水にかかわる

かろやかな駒下駄の音よみがえる笑顔の姑《はは》の残るこの橋

暮れてなお黒く見えいる川の面に鳰《にお》のひろげし水輪のひかる

宿るにも秩序あるらし鷺の群こもごも鳴きぬ闇せまるまで

わが家の灯が一つまたたけり梅雨にけむれる川のほとりに

折りおりの水鳥の声きき分けてこの川べりにながく住みしよ

川上に生家も母もありし日の思い出さるる橋渡りおり

川べりのあけぼの杉の色付きて南限の鮭のぼりくるころ

防潮堤をおどり越え来し大鮭の下あごの歯は白くするどし

幹太きメタセコイヤの木々の間に茜を映す冬の川あり

冬木立透きて陽あたる橋のうえ小学生のマラソンの過ぐ

打合せすみいるごとし鷺の群れ朝の河原をつぎつぎに発つ

おのずから楽あるごとし鷺の群つぎつぎ発ちてゆるやかに舞う

立ちつくす一羽の鷺は川床におぼろに白き点となりゆく

ゆるやかに羽音そろえて水鳥の一群ゆけり夜の川すじ

梅ヶ瀬

きびとそば実りていたり女ヶ倉のだんだん畑の夕映えのなか

子羊のより添うごとき山なみの九十九谷は芽吹き始めつ

咲きたわむ花にふれつつ登り行くあじさい園のつづらなす坂

夕ぐれの山の傾りを埋め尽くし妖しきまでにあじさいの花

この渓に学びの灯かかげたる人を偲べり梅ヶ瀬の秋

水のみに降りたる鹿の足あとか幼きもあり渓の河原に

秋深きもみじの谷に落武者の裔《すえ》とうひとの野草あきなう

ヒトリシズカその名のごとく人知らぬこの山間にひそとそよげり

渓川の音のみ高く小鳥らは夕日残れる峰にうつりぬ

かげりたる向こう岸より小鳥らはつぶてのごとく川を越えくる

友どちとあそび疲れし秋の山踏み入る沢の水の冷たし

城下町

存続のねがい叶いし木原線わかばの谷に汽笛ひびかす

一両のディーゼル着きし古き町城の天守に夕日のこれり

娘のかざす日傘に入りて登りゆく城趾への道蟬しぐれして

武者窓によればひびける蟬の声二の丸跡の深き杜より

古き武具にぶく光れる展示室空調の音ひくくきこえて

奥方のたずさえしとう懐剣の優美にあれど刃先するどし

人間という生物を悲しめり古き武具見る城の三層

人けなき薬草園の秋の雨濡れいる花はナンバンギセル

三層のあかり灯せる大多喜城もや濃き夜の中空に浮く

背負い籠

鬼百合の朱によく似合う黒アゲハくらき木立をすっとぬけ来る

ほととぎす「おとうと恋し」と鳴くという昔話を夫に語りき

ほととぎすいずれも哀し遠き日に祖父の語りし昔ばなしよ

梅をもぐ谷を越えゆくほととぎす三声ほど鳴き遠ざかりゆく

たわわなる実梅の枝をかしがせて激しき雨の時の間にすぐ

しい若葉照り映ゆ見れば思い出《い》ず吾子のひとりの生まれたる日を

背負い籠に吾子をねかせし山畑の杉生の木かげ今も涼しき

子の生れし朝を詠える夫の歌みずみずしかり赤茶けし紙に

からつゆの日射しのとおる厨辺に煮る梅ジャムの甘く匂えり

添え竹をのぼりつめたる瓜の蔓ゆれいる空を雲白くゆく

照りながら降りくる雨を山畑の木陰に入りてひとしきり待つ

空の色映りて蒼し日照雨すぎしばかりの茗荷ばたけは

子どもらの飢えをみたせし畑仕事いまは余生の生甲斐とせり

汗あえて草刈りおれば人の来て神の教えをあつく説きゆく

明日もまた草刈りせむと夕やけの土手にかがまり鎌を研ぎおく

川べりは風のあるらし夜の更けをもぐら脅しの廻る音する

いくばくか暑さゆるびぬ灯を慕う虫のおらざる雨戸を閉ざす

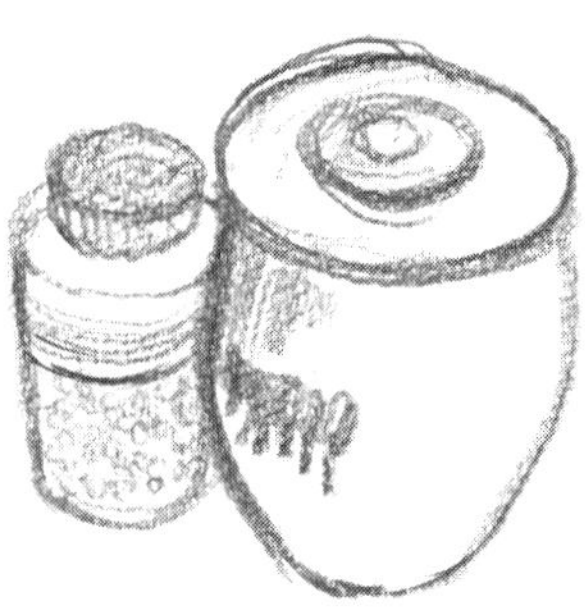

やどり木

静かなる真夜の時間をゆするごと月下美人は一瞬に咲く

二十余のつぼみ重たき花の鉢かかえてゆけばゆさゆさ揺るる

花ひらくとき待ちおれば夜の更けて月下美人はおもむろに咲く

わが張りし鳥おどしよく光るなり秋めくけさの風にゆれつつ

地蔵尊すずしく在わす野の風に乾ける稲の匂いまじれる

野仏のいわれ知らぬも手を合わす芒の原のひとすじの道

穂すすきの道戻りつつ口ずさむ歌会に知りし友のよき歌

台風を気遣いくれる子の電話ことさら元気に受け答えする

しめ張りし椎の大木のひとところやどり木の葉の紅く色づく

うめもどきピラカンサスの実千両と小鳥寄りきて冬のちかづく

二人ぐらしには余りあるわが畑の冬菜にきょうも小鳥きており

土のうえにむらさきの花ふりこぼし胡麻は日毎の花を咲かせり

小鳥らの砂あびしたる跡らしも豆のうね間にくぼみならべる

たがやせば土に寄りきてついばめる小鳥らとひねもす冬畑にいる

踏みしめてわが立つかげの長く伸ぶ今日耕やせし黒土のうえ

藁を焼く中に落穂のまじるらしかぐわしき香の夕べ漂う

猫に餌をあたえる夫の声きこゆ風邪にこもりて覚めし夕ぐれ

霜よけて宿る小鳥か夕日濃き笹にこもりてひとしきり鳴く

梅もぎやじゃがいも用と籠を編みならべて足らう寒の灯のもと

編み上げし蔓籠ひとつ寒の夜の灯りのもとに自在なるかな

娘が旅の荷物とどけり巾広きコンブいできぬ寒の灯のもと

くる年もかわらず畑をたがやさむ農具あつめて注連《しめ》をかざりぬ

日の入りし稜線に立つ城のかげおおつごもりのあかり灯せり

雪ふれば

畑仕事つづける気力まだありて新しき鍬初春に買う

新しき鍬の切れ味ためさむと霜消えのこる畑におりたつ

寺町の裏川こえて彼岸会のひそやかながら人のざわめき

折れふせる枯草つたう岩清水つららとなりて朝の陽に透く

雪ふれば心おどれるわが性のむかしも今も変わらざりけり

雪げしき見むとのぼりし坂の道　夫のつけたる足あとをふむ

行けるまで行こうと夫とつれだちて幼のごとく新雪をふむ

ただ一度父に負われし想い出は雪ふりており今もわすれず

くもりたる硝子戸ふきて夕方の雪降るさまをあかず眺める

新聞を配りてゆきし足跡のひとすじ残る雪の夕ぐれ

雪どけのしずく光れる葉にこもり鵯《ひよ》はつぼみの椿ちらせり

雪あかりせる窓に向き納屋奥のじゃがいもの種白く芽吹けり

机がわりの板

一羽来し尾長がしきりに群をよぶ夕日明るきせんだんの梢

ぬき捨てし大根の葉も首上げて花咲かせおり春かぜのなか

もぐら除けを背負いてゆけば頭上にてプロペラ廻り何故かおかしき

にりん草もういちど見てかえらむと草刈り終えし土手を下りゆく

われも共に借りてあきなうこの軒に育ちしつばめ今朝とびたちぬ

日もすがら苗商えばかさ多き小銭の底に砂のたまれり

収入の欄に始めて書き入れぬいくばくの花商いし今日

アフガンの子らに送らむ花売りし小銭をかぞえ箱に貯めおく

夜を発つ吾子の車に照らされて卯の花白く道につづけり

娶らざることにはふれず温かき寄せ鍋かこむかえりたる子と

また来ると父を慰め帰る子の車のあかり長く見送る

縁のすみに受験勉強したる子の机がわりの板が残れる

とり壊す家の柱におりおりの印されてあり子らの背の丈

ちちははも遥ばる来ませ新しきわが家に今宵あかり灯すも

わが終の住み家の成れり新しき仏壇にまず父母を迎うる

一兵の辛酸なめしおとうとの昭和の末を病みてみまかる

メタセコイヤ

茜雲ゆるくながるる空を背に切り絵のごとし尾根の城かげ

寺町の裏川越えてきこえくる宗旨異なる木魚のひびき

彼岸会の鐘なりくれば泥の手を合わせていのる山の畑に

山畑にひと日はくれぬ紫蘇の実をこきし匂いの指に残りて

病む犬の首輪をとればようやくに子らとあそびし部屋まであゆむ

三人が二人になりしここちせり犬ほうむりし夕空のもと

名も知らぬ鳥ホーホーと鳴きいでて夕靄ふかく森をつつめる

あるかなき風にも軽く舞いおりてメタセコイヤの葉の散りおえぬ
やわらかきメタセコイヤの葉の散りて小さき犬の墓に降りつむ

こやまつ

節分の福を受けむと村人のおおかた老いてつつましく座す

あぜ焼きや道ぶしんなど春ちかき村の行事を有線の言う

集落の春の行事をつげしあと有線放送ジャズにかわれり

水張田に映れる影も光りおり新入生の自転車の列

耕運機去りたるあとの水張田は芽吹ける山と空をうつせり

木々の実のあまた芽吹きて山畑は早くも杜に還りつつあり

おさな名に呼びとめられし里の道あかき椿の散りて積もれり

学校のかえりに道草せしところ今も椿のあかく散り敷く

落ちつばき除けて通りしわだち跡この里人のやさしかりける

田の神

新涼の風にまじりて乾きたる稲の匂えりふるさとの駅

佳き人の今はなきかも新盆の庭にむくげの花の真白し

誰よりも会いたき人の一人いるあの世のことを思うときあり

枝垂れつつなお咲きつづく萩の花ふすまなしたる庭のひと隅

無住寺の年に一度の御法会のすわれる吾に秋の蚊のよる

合歓という字を教わりし土手に来て征きて還らぬひとを思いぬ

単調に揚水の音ひびきおり昼火事ありし村のはずれに

田の神が在わすと祖父は祀りしが水口荒れて草の茂れる

古びたる農具をつみし土間のおく真昼かぼそくこおろぎの鳴く

独り住む母を残してかえり来る夜汽車の窓にとおき灯を見つ

捨てきれぬ猫を抱えて戻るなり枯れ野の中の一本道を

雪降るを母に告げつつ眼科医の長き廊下を手をつなぎ行く

萌えいでし庭の緑に目をこらす視力ふたたび母に戻れり

鈴虫の籠

穂すすきのなびける中に鮮やけきポールを立てて人ら測れる

蒟蒻と豆腐作りをこころみて畑仕事なき一日くれゆく

ようやくに話つうじて難聴の母の瞳のいきいきとせり

先ず拝みそして見上ぐる母の面あかるく照らす十五夜の月

いくたびも押しいただきて食事する卒寿の母はきょうも安けし

耳遠き母がとつぜん鈴虫がよく鳴くねとぽっつりと言う

鈴虫の籠に身をよせ耳とおき母が飽かずに虫の音をきく

今日もまたこの世に置きてもらいしと卒寿の母の祈りあつしも

大根蒔く畑にきこゆ耳とおき母の祈りの声の大きく

いく世代続きしものか組という縁《えにし》も解きて村を去る兄

谷を埋めレジャーランドとなる村をふり返りつつ母は発ちたり

重き戸

はじめての手紙とどきぬ我が母の紙いっぱいの字のたどたどし

初春の光を入れむひと棲まずなりし生家の重き戸を繰る

ひと棲まずなりて久しき母の家雨漏りの水澄みてたまりぬ

家つがぬ子を待ち母がくらしたる煤けし壁にかかる日めくり

人棲まぬ家にも垣のバラ咲きて五月の風はおしみなく吹く

うぶすなをめぐりて踊る輪のなかに若やぐ母を見しははるけき

薪負いて届けてくれし母の背を思い出でつつ今はさするも

老い母はあるがままにとねがえども医機につながれ終をむかえぬ

日頃より信心あつき母ゆえか意識なきまま祈るしぐさする

母看とる窓を開ければ真夜の庭木犀の香に不吉おぼゆる

杖つきて母はどこまで行きしらん師の説きたもう黄泉の旅路を

村人がつくりし紙の蛇の魔除け雨にうたるる母のとむらい

わが家に終のぞうりをぬぎ逝きて貧しき母の形見となりぬ

家の棟を離るるという七七忌晩夏の空を雲の流れて

小公園

くれなずむ団地の空に星ひとつ娘の棲む窓のあかるく灯る

ようやくに辿りつきたる娘の家に蚊取りのけむりゆるく立ちおり

目覚めては小さき寝息をたしかめぬ幾年振りか幼子と寝ね

娘の家に来てよりの日を指おりぬ穂草の路を孫と歩みつつ

今日は兄とならむ児をのせ朝はやき木立の下をペダルふみゆく

水いじる孫の手を取りぬくめやる小公園の夕映えのなか

子の住める町を過ぎゆく貨車の音長くつづくを目覚めいてきく

金魚

もうじきに春が来るねと窓あけて孫と見つめる野焼きのけむり

草餅をまるめる度にこれは父これは母にと愛おしき孫

入学をまち遠しいと言う孫と草餅つくる雨のくりやに

草餅を食めば思ほゆ焼け錆びし戦禍の街によもぎ摘みしを

母よりも幸せなこと一つあり戦なき世を子らにたよりて

雨足も見えず一日を降りつぎぬ菜種梅雨とう母の言いしよ

はぐれたる鷺かしきりに青田より首さしのべて空を見ており

季過《とき》ぎしさつきの芽摘みしておれば梅雨上がるらしとおき雷鳴

稲の花匂いていたり朝もやの濃く立ちこめる道をいそぐに

梅雨あけに来るとう孫に縫いあげし小さき浴衣に金魚およげり

帰りこし娘より抱けるみどり児の澄める瞳にわれのうつれり

蟬のぬけ殻

ひたすらに草取りおれば霽晴れし空を夏めく雲の流るる

水かけし唐きびの葉に一匹の蛍とまりてながく光りぬ

丈高きメタセコイヤに夕陽さし鳴きつぐ蟬のからだ透き見ゆ

焼きたてのポップコーンでおぎないし昼餉の窓にしろき雲浮く

菜園のものみな萎えし炎天に小鳥おどしのテープきらめく

おろおろと空あおぎつつ雨を待つ貧しき農の裔《すえ》のわが身は

草取りて帰る夕ぐれ理髪屋の前はすずしき匂い流るる

ぬけ殻を百余もあつめし孫と聞く山の畑にひぐらしの声

蟬しぐれ降りくる畑に草とればぬけ殻もあり亡骸もあり

おばあちゃん見てよと孫は手花火を聖火のごとくささげ走りぬ

背のびして孫のかかげる手花火のひかり地に降りなおもまろべり

ほおずきを知らぬ孫らにかこまれて鳴らして聞かすかそかなる音

いたわりて籠より放すかぶと虫孫らかえりし夕べの庭に

抱え来し鉢わすれゆき朝顔の孫の日記は如何になりしや

リュック負い虫かご肩にかえりゆく孫の姿は少年期に入る

幼らの失くせし鞠のころげ出づ夏の終りの草刈りおれば

天《あま》津《つ》小《こ》湊《みなと》

岬山の御寺をめざす稚児の列浦の日ざしにきらめき進む

山門の出店に心ゆらぎたる稚児の行列すこし乱れぬ

御会式に稚児奉仕せる孫の来てちいさき賞状誇らかに出す

王様が出てきてお話したと言う稚児をつとめし孫のおさなき

芋焼きし土手下にきて灰さらう孫ら家路をたどりいるころ

はしゃぎたる仔犬もわれも同じにて孫らかえりし庭にたたずむ

細きつる採りきて編みぬ孫のするままごとあそびの皿とカップを

紅葉するあけぼの杉は高だかとあかねの空にとけ入りて立つ

お羽黒とんぼ

浄めたる墓をさまようごとく飛ぶお羽黒とんぼうつつなく見る

冥府よりの使者のごとしも盆の日のお羽黒とんぼ日陰さまよう

打水の残れる石に蝶はきて羽たたみおり日のくるるまで

水難の甥に流せし灯籠の遠くにゆきてなおもまたたく

若者の逝きたる家の納屋奥に農機具多くならびしずまる

かなしみのこの家の夏を咲きつぎてあおいの花の高くゆれおり

この家にたび重なれる喪主の座に妹は肩ほそくうつむく

小松原

小松原という名のバス停に佇ちてきく洋をよせくる安房の波音

トンネルを出《い》ずれば蒼き海ひらけ浜の家並みに鯉のぼり立つ

海蒼きドアより鳩の入りきてパン屑ひろう勝浦の駅

目を瞑りて診察まてば院ちかき荒磯の音ひびきくるなり

嶺岡《みねおか》の山に入り日の影残り千樫《ちかし》の里に海鳴りきこゆ

暮れかたの屋上にわれがひとりいて生死のあわいひそと思いぬ

明日受くる手術を思い眠れねばいよいよ近し夜の波音

夜はよるの波音きこゆ不慣れなるベッドの上に眠らむとして

病む人の寝息それぞれ異なるを花冷えつのる夜半にききおり

まだ昏き海に向かえる公報器きょうの日和をつぶさに告ぐる

蛤をすなどる小舟行き交いて影絵のごとし明けどきの海

漁り舟向きをかえしか一点の光りとなりて沖にきらめく

半島のかげりし岬に日の入りて術後のながき一日おわるも

大洋に真向かう窓のベッドにて手術せし身をただに横たう

二分ほど静座するまでからだ癒え誰にともなくおじぎしてみる

海獣ショー

ベランダで育てしと言い茄子ひとつ紙に包みて娘のかえりくる

木の家と緑が欲しいとつぶやきし娘のこころに気づかざりしよ

親ごころ心の重荷になると言う信じきしもの宙に迷えり

とり入れし豆もぎおれば早や暮れて夜香樹《やこうじゅ》の花かおり始めぬ

診断の結果よければ夏猛し花園に寄りて夫とめぐれり

汗だくのわが顔うつる水槽をすずしき色の魚のよぎれる

芸ひとつ終われば貰える小魚をシャチは大きく口あけて待つ

海獣ショー見つつ侘しも海原は太古のままに波よせくるを

安房《あわ》の海

それぞれに大漁のはた飾られし船のもやえり新春《はる》の港に

波白き磯をかこめる安房の山　照葉樹林を風吹き上ぐる

音も無く寄せてはかえす春の波うすきレースを砂に展ぐる

診療に手間どりてのる電車よりきょうの終りの沖の照り見ゆ

跳ね出して海へ戻ってゆきそうな魚ならべおり浜の市場に

九十九里に漁をするとう人の来て山里になき笑顔みせるも

小法師

初春のしたくに庭をゆき来するわが影少し腰のまがれり

あひる二羽猫も人等もかがまりて今年二度目の雪にこもれり

雪の日をひまにまかせて豆を煮る甘き匂いの一日こもれる

春の雪ときの間に消え山あいの町並みおおう昼の靄立つ

切干の凍りて光る庭すみに今日は味噌炊く大釜を据う

春の風どよもす納屋に火をまもり二人ぐらしの味噌炊きあぐる

大根の畝間に生いしはこべらの育ちて朝の光浴びおり

小法師に師とあおがるる夢見しと朝の夫は衿を正せり

天界にあそぶが如き夫の惚けききつついつか共に笑えり

おぼろげな夫の記憶を笑いつつおぎないて云う過ぎし日のこと

風邪癒えて起きたる夫の柏手が朝の畑にとどき聞こえ来

あたらしき眼鏡にかえし今朝の夫有明けの月おろがみており

病快き夫のかしげる磨ぎ水のながれくるなり豆もぎおれば

るす居にも倦みたる夫が菜の花に見えかくれして農道をくる

母の日の宅急便ぞと夫の声菜の花さやぐ畑にきこゆ

久びさに歌が成りしと散歩より夫はあかるく家に入りくる

二輪草《にりんそう》

もぐら除け背負いてゆけば野の風にはやくも廻り歩みがたしも

刈り終えしなだりの暮れて残したる山百合の花ほのかに白き

土手したのにりん草見つつ鎌を研ぐ去年と同じ場所にすわりて

にりん草いずれか先に散りゆきて残れる花に夕日ただよう

にりん草水吸いあぐる朝の卓夫は名前をくりかえし聞く

夕ぐれの谷津田の堰に鴨のいてふたつの水輪ひろごりており

こしかたの想い出あればいくばくの余生のための宅地買うなり

魂棚の供物とならべ供えたり宅地入手のうすき綴りを

わが土地のうえに今宵は眠るとぞ夫の寝顔の安らぎて見ゆ

子を背負い井戸掘りの砂引きあげし滑車の音の耳にのこれり

井戸水は出でぬと古老云いし地に汲みあぐる水澄みて光れり

木もれ陽のひとすじ透きて井戸底の砂の動きをあざやかにする

蟻の行列

思い草首かたむけて群がれり露けき朝のかやの根方に

明け易き庭に散らかる履物やわが家の犬の未だおさなき

つねよりも遠くゆきしとリハビリの夫かえり来るたんぽぽの路

リハビリの杖にまつわる仔犬いて歩みあやうき夫をなやます

ころころと転びてあそぶ仔犬らに蟻の行列乱されており

ふりむけば川靄は早や菜畑を半分ほどにおおいかくせり

雨に濡れもどりて焚きし昼の湯の煙はひくく軒にまつわる

チロ

戻り来ぬ犬を呼びつつ野をゆけば木の芽香りぬ昏れしなかより

言われたるままに始末書かき終えて何か一言いたくなりぬ

ようやくに捕獲のがれしわが犬の鼓動大きく胸につたわる

捕獲車の匂いつきたる犬洗う秋のひかりに虹つくりつつ

犬はただ自由に野辺をかけたるに人のつくりし法のきびしき

つながれて一生を送る犬の水かろやかに来て蝶の飲みおり

音もなく散るわくら葉を目に追える犬にもながき夏の夕ぐれ

ゴマ虫と仔犬

手鏡に秋めく空と雲のありひなたの椅子に夫の髪刈る

刈取りし胡麻につき来しゴマ虫に仔犬おどろき後ずさりする

ゴマ虫と仔犬の出会いの可笑しくて一人笑いぬ胡麻束ねつつ

ひぐらしの鳴きはじめたる山畑に使い散らせる農具集める

そら豆の種選り分ける納屋のすみ間をおきながらこおろぎのなく

誰かれの見分けつかねば幾たびも会釈するなり眼を病む夫は

視力なき夫に手わたす熟し柿冷えびえとして秋のふかめり

破れたる障子を張れば事足りる二人ぐらしの冬に入りたり

夕つ日が川面に映す穂芒のゆれいる中にわれもゆれいる

ひと群の水鳥のきて山の堰映る木立と空揺らせつつ

夕日照る湖面をくだく鳰の輪の離れてはまた寄りて光れり

白菜

素枯葉のおおかた散りし南瓜だな今宵はまるき月のかかれる

天界の母が見ているここちして大根の種つぶさに蒔きぬ

寒の土ふかく堀りあげ陽にさらす母の農法まもりて久し

田起しの泥がほっぺに乾いてたいちばんわかい母の想い出

天水を頼りて一世の米づくり母の姿の忘れられずも

わが影のとなりの畑までのびて鍬ふり上ぐる夕つ陽のなか

入りのこる夕日の照らす裸木に葉のつくごとく小鳥群がる

腰少しまがりてきたる妹の牛飼いやめる話ききおり

牛飼いをやめると言いて妹の持ちきし牛乳《ちち》をおしみつつ飲む

雪霜にたえて残りし白菜の最後のひとつ意外に重し

あじさい濡れて

かわたれの野をはしり来て少年と犬の吐く息白し灯のもと

新学期きょうより始まる少年らわが家の犬に声をかけゆく

貰われてゆきし仔犬を思いおりけむれるごとき春の夕ぐれ

遠き日の子らのごとしも老いし夫日暮れの道にわれを待ちおり

願望がないまぜになる夕ぐれか病む夫のふと遠き子を呼ぶ

八千と八声鳴かねば止まざると祖父の言いしがほととぎす鳴く

ホトトギス遠くきこゆる朝の卓死後のことなど夫はいい出す

病快き夫に昼湯を焚きおれば笹鳴きの声かすかに聞こゆ

詩ごころ忘れぬ夫の手をひきて五月の風に吹かれつつあゆむ

花の名が思い出せぬとたたずめる夫の傍《かたえ》にあじさい濡れて

こころの旅

地蔵尊赤きビニール帽かぶりほほえみ在わす秋雨のなか

あれほどに忌み怖れいし死のことを此のごろ夫はさりげなく言う

二人して逝こうと旅行のごとく言う夫の言葉を笑いつつきく

死後の世をたのしく想像して語るふたりでかこむ赤きストーブ

怖るるにあらず貴方は生きながら佛さまよと夫をからかう

死後の世を信じて語る老いどちを横目にわらう鬼もいるべし

夫のゆく心の旅は果てしなく今日も語れり古きことのみ

夭折の十七歳の兄を恋う八十の夫おさな顔して

今日もまた同じ言葉をくりかえす夫に応えつつひとりかなしむ

底なしの優しさゆえと知りつつも時には粗きことば返しぬ

呼び声のきこえぬ所へのがれたき心押さえて返事つづける

半分は夫の記憶も仕舞いおく私のあたま日毎ふくれる

土手下にバス待ちおれば風少し出でてむかごの転げ来るなり

霜白き野にひとすじの煙たち水路工事場人らつどえり

けもの道ほそくつづけり河原まで霜の光れる草をくぼめて

年の瀬の忙《せわ》しさ縁のなき夫は子らの来る日の日数かぞうる

霜よけと鳥よけの笹立ておえて春遠からじと口ずさんでみる

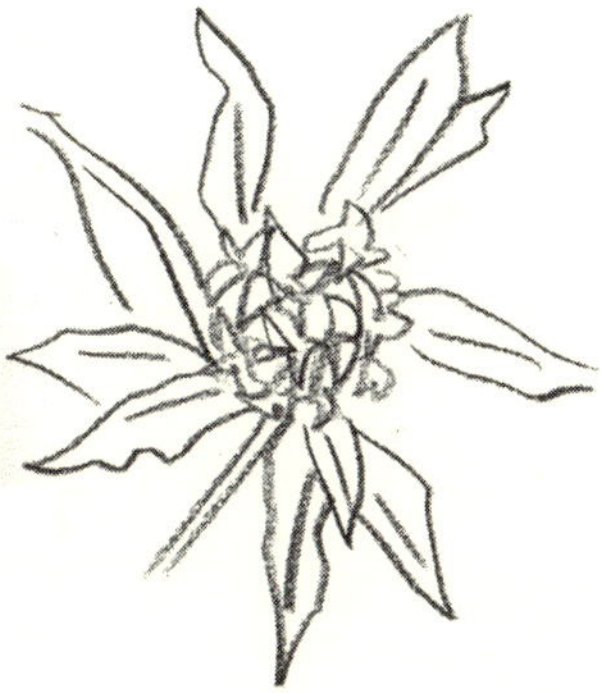

寒わらび

詫びながらわが名きかるる淋しさを菜を間引きつつ思い出しおり

み佛の慈悲とぞ人の言うけれど忘るる夫をかなしみ暮らす

歌よみて共にくらせし五十年いさかうことも稀にありたり

ひと群の鴉のあとを追う鴉鳴きつつゆけり山越ゆるまで

とおく来て祖父を気遣いくるる日の乙女となりぬ孫のまどかは

水ぬるむ川辺に下りし鳥のいて暫し鳴きおり友呼ぶごとく

離れ住むさびしさついに語るなく駅のホームにわが子見おくる

秋川に移り住む子を訪いたしと今年のゆめを日記にしるす

陽だまりの草にまじれる寒わらび触れれば小さく胞子けむらす

枝すこし折りてゆかむと思いしが近寄りがたく野梅咲きおり

遠ほととぎす

一瞬に五感失くせし夫を抱き遠ほととぎす三声をききぬ

一瞬に五感失くせし夫のため今日より私は御佛の弟子

身じろぎもできぬ夫の枕辺に千羽の鶴は風にさやげり

吾が家の庭に今日より干し展ぐ夫のむつきは哀しかりけり

熱き湯にふき潔めればもの言えぬ夫は大きく吐息もらせり

麻痺の夫湯ぶねに支え合う子らの背中を汗の光りつつ落つ

ものすべてミキサーにかけ乳のなき赤子のごとく夫をやしなう

繰りかえす思い出ばなしもいでて来ぬやさしき夫の口元をふく

雨蛙夫病む窓にながく居て日にいく度かカイカイと鳴く

大いなるものにすべてはゆだねらる安らぎこもる夫の寝息は

病む夫にかわりて朝の茶をそなう姑のうつしえほほ笑めるまま

つま立ちてベッドをのぞく幼子はいらえせぬ祖父いぶかりて呼ぶ

ジージーにハッピーバースデー唄うとう幼は細き足につま立つ

ひぐらしの声澄みとおる裏庭に忘れしむつき急ぎとりこむ

梅ヶ瀬の紅葉をめでし日を思う細りし夫の足さすりつつ

真夜さめてむつきを替える時の間も青柿落つる音のきこゆる

一日の介護終りし夜の更けをわれに戻りて志ん生を聴く

破れたる巣をつくろいて小さきクモ夫病む窓にながく棲みつく

介護には去年今年なき濯ぎもの元旦の陽にわびつつ干せり

おぼつかぬ足ふみしめて救急の夫の担架をひたすらに追う

なごり惜しむ夫の思いか心音機とだえてはまた微かに鳴れり

抱かれいし想い出もたぬ幼孫負われて眠る今日のわかれに

ゆるやかにトビ舞い澄める浜の朝旅立つ夫に子らとすがりぬ

梅咲けば

一日中ひとの顔見ぬ夕ぐれをいやしのごとき風花の舞う

真夜覚めて夫と子と居し来し方はみんな愉しき夢のごとしも

長き日々洗いざらせし夫のもの空しく積めり空のベッドに

三年の間に作りし介護食不足も言えず夫は逝きたり

うす氷のかめの底いに陽の透きて睡蓮は早やちいさき葉をもつ

梅咲けば手帳を持ちて佇める夫のすがたの憶い出さるる

貧しくも心の糧ぞと歌を詠む夫をたよりて過ぎし一生か

共に生きしこし方つぶさに思い出で夫の歌集のあとがき記す

山の背にまだ鳴き止まぬほととぎす野はかわたれの時となりつつ

ほととぎす聞こえてますかと問いかけるみどりの尾根の見ゆる墓にて

きびしかる勤めは云わず帰りきて子を抱きあぐる夫の横顔

綿のごとく疲れ寝《い》ねいし休日も子らまとわれば優しかる夫

アイオン台風と沖縄の旅

荒れ狂う嵐のなかの一軒家子を抱きしめて夫をまちおり

地をはいて嵐の中を帰り来て夫は嘆きぬ使わるる身を

雨もりの所かまわず落ちくれば子は持ちてきぬ小さき茶碗を

幼子も親にならいて戸をささう小さき手指の目に浮き来るも

土かべの落ちて傾く家に座しとにかく炊きし朝餉かこめり

やぶれたる屋根より見ゆる月澄めば歌思うらし夫の横顔

歌語るこころ澄みたる夫に和しあすのくらしは言わずおわりぬ

子を負いて薪をひろいし山裾に咲きしりんどう今も忘れず

ただ一度夫と旅せし沖縄の糖きび畑の風をわすれず

糖きびの真白き穂波ゆれ止まぬ果たてはとおき海になだるる

姫百合や健児の塔をめぐりつつ美しすぎる沖縄の海

二十万の霊安かれと祈りつつ戦渦の島を夫とめぐりぬ

パイナップル包みて来たる沖縄の八重山新聞平和なる記事

槇《まき》垣《がき》のむこう

憎みしが病の鬼も去りぬべし夫なき門に鬼やらいする

春めける道をゆっくり杖つきて我にしたがう影と歩めり

ひもじさに出でし狸か山畑の日蔭に凍てて足あとのあり

けもの道たどりて行けば小さなる湧き水ありて空を映せる

風寒き山よりのぞく谷合いの小田のみどりは芹萌ゆるらし

今年よりひとりと思う家計簿にこまかく記す今日の支出を

庭すみにいつしか咲きてうつむけり薄紫のかたくりの花

槇垣《まきがき》のむこうを通る傘ひとつ梅雨の夕べは人の恋しき

「星空がきれい」と聞こゆ生垣のむこうを通る母と子の声

仏だんに声かけて出るくせつきてひとり暮らしに徐々になれゆく

ひとりでも無事にくらして居りますと初なりの瓜盆棚におく

ひと夏の背丈を見せて少年の学期はじまる朝を駈けゆく

いとど鳴く畑より戻り灯ともせば拾いし猫のいでて迎うる

待つ人のなきを侘びつつ戻りこしわが家をふかく包む夕靄

槙垣《まきがき》のかげより聞こゆ久びさに帰りたる娘のかわらざる声

あさり舟

半島を見えかくれする自動車を茱萸《ぐみ》の花咲くバス停に待つ

サーファーの着替えするらし海ちかきこのバス停に荒砂ひかる

かぎりなく行き交う人の足速くつえを頼りのわれの残りぬ

千樫《ちかし》の歌口ずさみたる夫想う波打ち寄せる安房の浜辺に

コンクリート上へ上へとつみ重ね人ら平和に灯りともせり

あさり舟行き交いし浜しのびつつ人工なぎさの花園めぐりぬ

今年またひとり暮らしにあり余る梅漬け終えてこころ安らぐ

古漁網はりて囲いし山畑に夕べは潮の香りただよう

裏山の椎にこもれるふくろうの夜ごとに鳴けば親しかりしも

出張のかえりと言える子の寄りて語りて更けぬふくろうの鳴く

丈高きメタセコイヤも新しき葉をそよがせて夏はじまりぬ

逃げ出して野生となりしわがチャボの張りあるトキの今朝も聞こゆる

うさぎ苔

わが庭をきのう巣立ちし小鳥らか朝の梢におさなく鳴けり

うさぎ苔とう種のありて花咲けば耳もしっぽもありて可愛ゆき

めずらしき野草に会いぬ膝つきてちいさき種子を手のひらに受く

正座してこぼれし餌より食べはじむこの慎ましき犬の前世は

わが犬も老ゆれば畑の行きかえり木蔭によりてながく憩えり

炎天のいずこに生れし赤とんぼメダカの水に来てまつわりぬ

虫追いし孫も大きくなりにけり木蔭に一人ひぐらしをきく

夕立の音静まりて里いもの葉はみな持てりひかる水玉

今はこの町に在らざる老舗の名記せるうちわ包みてしまう

穫り忘れたる西瓜を抱えきて畑の坂道ようやくのぼる

畑より戻りてはずす蚊いぶしのいまだ点れば犬小屋に吊る

ひと夏の疲れの見ゆるわが畑の案山子をはずす涼かぜのなか

レモンのごとき月

焚火してべんとう食べるわがさまを山の畑に鴉見ており

柚子もぐと仰むく空にうす切りのレモンのごとき昼の月あり

夜は星を朝は小鳥を止まらせてメタセコイヤの梢の高しも

緩慢なあるじ見つむる瞳《め》のやさし我が家の犬も共に老いけり

いつからか我に合わせて歩むくせつきたる犬も老いの目立てる

子供らの巣立ちしあとをうずめたるこの犬猫の永き年月

丈高きメタセコイヤは枝々に凍てつく星をちりばめて立つ

冬の川ながめて冬の畑を打つこの藪かげのぬくき日だまり

葉の落ちし木立を透きて見ゆる橋朝市に行く人の行きかう

衰えし身を知りつつも新しき鍬を買いたり朝の市場に

娘におくる冬の野菜はきしきしと音をたてつつ箱におさまる

絵手紙

花好きなひとが隣りに越して来ぬそれのみなれど明るき初春

陽だまりの軒にならべる洋ランは葉先するどく蕾を抱ける

咲かせたき花のはなしに時すぎて地下足袋の底日にあたたまる

耳とおき姉と絵手紙約束しはじめて描きし水仙の花

時雨つつ夕べとなりぬ一人炊くわずかな飯のふきてにおえる

仔うさぎを一匹飼いて朝夕を杖つきかよう物置のすみ

ストーヴとあかりに声をかけて消すだれにも会わぬ寒き一日

丈高きメタセコイヤはいち早く雪をまとえり夜の川辺に

たわたわと川をこえ来る水鳥の羽音きこえて雪の降りくる

うずくまるけもののごとし枯原の廃車を白く雪のおおえり

一人にて見るには惜しき雪景色夫の遺影をいすにのせおく

仔うさぎのごとく残れり春の雪メタセコイヤの太き根かたに

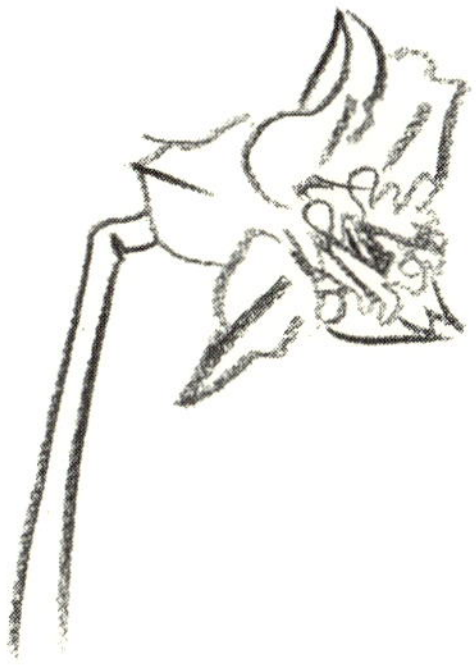

ういろう売り

撒きすぎて踏み場もあらず佇めば福豆におうへやの隅々

わが家に鬼もおらねば残りたる豆ころがして猫とあそぶも

音たてて家内を杖にたよりつつ独りぐらしの気安さにあり

足なえの我ののぞける窓下にクリスマスローズ長く咲きおり

去年の秋出水にのりし種ならむ水位のあたりつづく菜の花

愛さるることなく過ぎし生きもののまだ暖かき毛並みにふるる

ついさっき眼あわせし野良猫のあえなく成りぬ寒の路上に

この道に果てし命もえにしなれ小さき亡きがら篤く葬る

膏薬をはって貰える孫がくるひとり暮らしのあした明るし

ういろう売り語りてくれし若者を時どきおもう孫の恋人

じいちゃんのお墓に寄って来たと言うすこしおくれて孫の到着

古き掛け時計

残る日ははかり知れずも今日よりは慎みゆかん八十路なりせば

どうということは無けれど今日生きし証のごとく日記しるせり

おしきせの母の日きらい殊更に何もせぬ子のありき楽しえ

いつまでも元気でいてねと抱きつかれよろける足を踏みしめて立つ

ディーゼルの音なく着きて出でゆきぬ小さな駅をかこむ菜の花

母の日を帰りゆく子を見送りて子に知られざる思いにしずむ

子が巻きて行きしか古き掛け時計唐突に鳴る暗がりのなか

七ふしの来て

誰ゆえにかくも可憐に咲けるやと歌に遺れる姫シャガの咲く

里山をめぐりて鳴けるほととぎすひと日に三たび裏山に来ぬ

倒れたる夫を抱えてうろたえし彼の日もきけり遠ほととぎす

もの思いしつつ戻りてのぞく川水面にひとつ鳰の輪のあり

娘とかわす携帯電話を山あいにかざして送るほととぎすの声

付きてきし天道虫を這わせつつ豆莳きおえしひとりの昼餉《ひるげ》

共どもに先のみじかき身を思い山の畑の法師蟬きく

めずらしき七ふしの来て灯《ほ》影《かげ》さすよしずに止まりながく動かず

さまざまの虫の止まりしひと夏の独りぐらしのよしず外しぬ

膝の手術

子の意見もっともなれば再びの手術受くるを心に決めぬ

入院のしたくは子らに任せおき野草の鉢をかかえ戸惑う

明けやすき空をとびゆく鳥の影入院予定日あすに迫りぬ

猫のえさ鉢の水やり引受けてもらいし人に厚く礼する

手術室見送る子らに安心のサインのしるしそっと送りぬ

生きのびし昭和を語り媼《おうな》らは励まし合いて手術受くるも

待ちまちし孫の来たりてお隣のベッドの媼《おうな》笑顔見するも

膝曲げ機持ちくるゆえに優しかる介護士みなに怖がられおり

ほめられて再び歩む二歩三歩おさなに還るリハビリタイム

いつまでも生きていたいと書いてあるリハビリ室の笹の短冊

郵便受け

春めける風のそよげる軒下に子のしつらえし郵便受けたつ

井戸端にかがみ古びて苔生えし郵便受けを丹念に洗う

槙垣のもとより軒に移したる郵便受けを夕日てらせる

足萎えの吾にふたたび戻りきぬ郵便受けをのぞくよろこび

つつしみて野辺路たどりぬ老いの身に再び歩むことの叶いて

思わずもとおくまで来ぬリハビリの杖つきあおぐ春の夕星

山百合のつぼみ日毎にふくらめり数えつつ行くリハビリの路

ほたる花ほつほつ白き農道をマラソンの子ら風立てて過ぐ

一輪車乗っているからだいじょうぶ自信ありげに孫の言いおり

ばぁばもお転婆だったと言いながら竹馬習う孫を見まもる

足萎えの去年をおもえば夢かとも春の野にいで孫とあそびぬ

やすやすと竹馬乗りをこなしたる孫の笑顔にカメラ向けるも

あめ玉三個

それぞれに朝の光をまといつつ代田とびたつ白鷺の群れ

田起こしの始まるらしも草萌ゆる揚水場にひとの出入りする

川靄のふかく包める揚水場ポンプの音の低くくぐもる

田起こしの馬を洗える夕川のながめも遥か昔なりしよ

あわだちて早瀬をくだる水音に幼いころの思い出さるる

一銭であめ玉三個を買いし日の橋のたもとにありし駄菓子屋

杳《くら》き日のゆめの殿堂駄菓子屋の跡地も見えずしげる篠竹

群れ泳ぐさかなに見とれ握りたる銅貨を川に落として泣けり

手さぐりに掬いしシジミ見せ合いて競いし友も逝きて久しき

ぽつねんと流れに佇てる白鷺の夕かげりきて光りなくせり

語りべの里

彼岸花土手に燃えたつふるさとの無人の駅に姉と会いたり

父母の顔胸にたちくる家跡に杖ひく我のおどろなる影

鈴なりの柿をよろこぶ母もなくわがもの貌に鴉きており

ながき世を御祖先《みおや》のふみし土間のあと日に晒されて固くのこれり

家跡の草刈りゆけばおはじきの一つ光れり囲炉裏のあたり

ここは土間ここは囲炉裏とふるさとの家の跡地に秋草をふむ

ふるさとの家こわしたる土間のあと小さき注蓮《しめ》を飾りたたずむ

公民館建つとう槌の音きこゆ兄が捨てたる村の秋空

ふるさとの山は売られてたち入りを拒む立札山の辺にあり

テゴンさま唐傘《からかさ》松と語りべの里山消えてゴルフ場あり

稲背負い母と並びし休み場の今も残れりふるさとの路

思い出をたどりて踏みしふるさとの草の実あまた裾につきくる

大きな芋

巣づくりの鳥の運べる穂茅花の夕べの庭にほの白くあり

子ぎつねのおどけ出そうな夕あかり茅花ヶ原を風の渡れり

夕つ日の茅花の原を戻りきて暗き戸口に籠を下ろせり

耕し土についばむ鶺鴒《せきれい》の白き尾羽根に秋光の透く

思わざる秋の出水に立ちすくむ我が菜大根水の底なる

黄のころも一夜にぬぎし大銀杏寺院の門に今朝は目だてり

パレードの練習すると生徒らは穫り入れすみし野を吹き巡る

今年より田舎ぐらしの甥の来て大きな芋を置きてかえりぬ

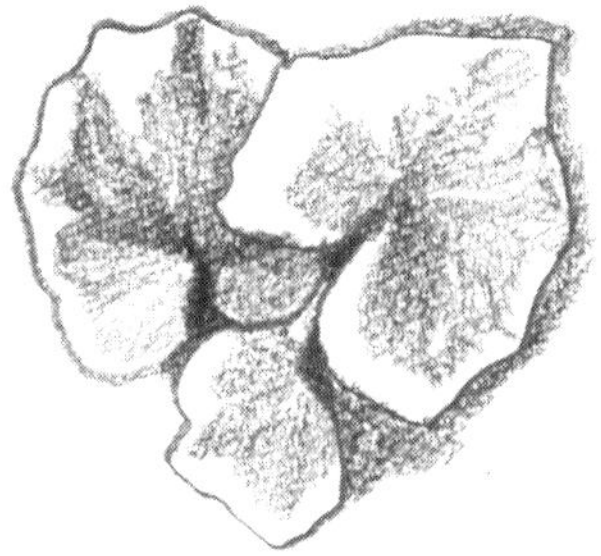

みすゞの詩

小鰯の身をそぎながら思いおり金子みすゞの詩のやさしさ

うつくしきみすゞの詩を思いつつ鰯十キロようやく剥ぎぬ

小鰯の身をそぎ洗う寒の水すき透るまでいく度も替う

歳々に作りて奉るしめ飾り火の神　田の神　山の神さま

新年の太鼓なりつぐ山の宮ちいさき灯りのまたたきて見ゆ

獅子舞の頭《かしら》を脱げばこの里の若者の顔いでてはじらう

初宮の焚火をかこむ人の輪に入りて受けとる熱き甘酒

すて猫のいつしか馴れて寒き夜の戸口に寄りて小さき声たつ

家中の灯りともして子を待てり闇より匂う庭のろう梅

野に棲めるけものと云えど寒からむ霜野にほそく足跡のあり

猫といる暮らしもなぜか捨てがたし子らの帰りてゆきし夕ぐれ

身ひとつに旅立つ終と知りつつも焦がせし鍋を磨きてしまう

膝癒えて春の畑を耕しぬ歩幅そろいてつづく足あと

耕して作らねばまだ気がすまぬひとりにあまる春野菜まく

春野菜さまざま入れる宅急便あゆめることの唯にうれしく

味噌炊き

あかつきの光さしくる庭の木に味噌炊く煙ゆるくまつわる

豆を煮る甘きにおいの漂えりまだ明けきらぬ霜しろき庭

年ごとに大釜据える庭さきに今年もしろき沈丁花咲く

味噌炊くと据えし大釜庭さきに温泉のごとく湯気吹き上ぐる

味噌を炊くかまどに寄りて居眠れる猫の幸せそっとしておく

集まりしうからも老いぬ味噌を炊く軒の陽ざしに寄りてぬくもる

声そろえ樽うごかして笑い合ううからは愉し昔も今も

味噌炊きの火かげんうまき弟も耳遠くなり急に老いづく

停年の甥加わりて老どちの味噌炊く庭に活気いでくる

味噌炊きの軒にひ孫を抱き交わす媼《おうな》らはみな涙もろしも

いたわりの声かけ合いて寒の入り行事となりし味噌炊きおわる

ちから込め詰めおわりたる新味噌の樽に書きこむ寒の吉日

ケアーバス待つ

持ち物のすべてに名前書きおえて明日より受けるケアー思えり

ケアーバス待つ身となりぬわが門の桜吹雪を浴びてたたずむ

ケアーバス待ちつつにぎる竹ぼうき暢気で忙しひとりのくらし

満員のケアーバス来てゆっくりとくぐりて行きぬ花のトンネル

一本の枝垂れ桜をゆるゆるとひと廻りしてケアーバス去る

十薬の白き夜道をもどりきて暗き戸口にひとりとまどう

おごらざる風情がよいと云いながら夫は好みし十薬の花

十薬のしげれる路に拾いたる猫もどこかに行きて久しき

気ままなるひとり暮しを覗くごと蛍ぶくろの背戸にゆるるも

いつしらに風に乗りきし種子ならむ家をかこみて山野草咲く

長梅雨の葉のみ茂りし睡蓮に真夜中の雨音たてて過ぐ

提灯持ちて

荒らされし唐もろこしの実に残るおさなき歯形見つつなごめり

お迎えの灯りが橋を往来する盆に入りたる川沿いの町

み仏の国より届く心地せり暁に聞くひぐらしの声

水打ちて門を涼しくととのえぬ御祖先《みおや》を待ちて迎え火を焚く

お迎えの提灯持ちてありし日の父母の歩みに合わせ歩めり

孫の背に負われてきたる始祖の霊さざめくごとし盆の灯のもと

咲きつぎし花がら多く散りつもり芙蓉の寺の盆もおわりぬ

この夏も無事に過ぎしよ子の張りしよしずの堅き結び目をとく

露しげく残り少なき野の花に羽音も立てぬ花蜂のおり

ハンバーグ

ひとり居の夕べにつくるハンバーグ給食婦の日々思い出さるる

夕暮れをひとりに紫蘇をこきおればやぶ蚊の群れと猫の寄りくる

背負いきて置きたるままの籠の紫蘇しるく匂えり暗き土間より

帰省せる子は手際よくえんどうの添え竹立てぬわれに替わりて

ともしかる戦後のくらし知る吾子らは紫蘇の漬もの今もよろこぶ

山畑にひとりし紫蘇を摘みおれば親王誕生ラジオの告ぐる

萩

羽の透く小さき蝶のあつまりて日のくるるまで萩にまつわる

ひとむらの萩をゆらして行く風にきのうと違う気配ただよう

夕立のすぎたるあとに風立ちて光るしずくと萩を散らせり

季《とき》ながく萩にまつわり来し蝶の今朝の寒さに急に衰う

ケアーバス追いかけて来しわが猫の見おくりており雨に濡れつつ

暮れ早き野道をくれば啼きながらむかえに来たる三毛に出合いぬ

外の冷気まといこし猫かきいだく幼き子らを思いいだしつ

もみじせるメタセコイヤはあまりにも明るすぎてか小鳥より来ず

象の園

たまさかに外出せし日の文受けに神の言葉の小ビラ入りおり

抱えきて野井戸に洗うつまみ菜の緑さやけし夕つ日のなか

鍬鎌《くわがま》を洗うとかがむ野の水に十五夜の月澄みて映れる

焼きいもをあきなう声のながながと子らの遊ばぬ町を過ぎゆく

象の園見にゆく約束せしままの孫の恋人ときおりしのぶ

使うこと無しと思いつつ着古せし服より青きボタンとり置く

大いなるものに捧げし灯のごとく夕べの丘の銀杏あかるき

秋ふかき日かげに咲きて槙垣の裾を色どるつわ蕗の花

小鳥らがむれて来たるか留守の間に軒の干柿いたく失くなる

いつの間に過ぎし月日か僅かなる養老保険の満期いいくる

蕗のとう

出たるまま戻らぬ猫を思いつつ七草がゆに魚のせおく

松すぎてひとりになりし厨辺にガサ地区発のニュースかなしむ

いもうとの里あたたかし土手したの陽だまりに早や蕗のとう見ゆ

耳はまだ確かとおもう啓蟄の小蛙の声ことしも聞こゆ

遊歩道つくると古木をたおす音ひと日つづけり川むこうより

くれそめし野に出で見ればわが家の辛夷の花はいまだ明るき

蕗のとう届けてくれし独り身の甥のバイクをながく見送る

笹の散る

熟れすぎし梅選りわけてジャムを煮る厨にテロを気づかうニュース

洗いあげ窓にならべる保存ビン梅雨あけの空蒼く映しぬ

となり家に人の越し来て宵はやく若葉のそよぐ庭をともせり

虹いろに露散らしつつ若者は山の傾りの草刈りすすむ

ようやくに辿りつきたる病院の扉にゆるる休診の札

濡れ縁に一本《ひともと》置かれし野辺の花訪い来し人に思いめぐらす

夏つばき夕べの庭にほの白し思いもかけぬ訃報うけとる

いもうとは何処にも居らぬこの家の障子にうつり笹の葉の散る

ケ・セラ・セラ

東京は姑のふるさと針仕事しつつ鉄道唱歌唄えり

菜の花をイメージしたると新車両存続なりて春の野をゆく

花冷えの火鉢をかこむ歌会の人も昭和も遠くなりしよ

ひとり居を気遣いくるる娘のメール花冷えの野をこえて届けり

ケ・セラ・セラそれでゆこうと思いしが気になる事の多きこの頃

九条をあつく思いつ八月の歌会の席に老いし身を置き

億年にまみゆる光り見つめいる反核の意志強く抱きて

あおばずく蛍も飛ばぬ里となり大型スーパー夜も灯せり

バイパスの灯りが照らす水張田の畔にひそかな波のよせおり

貧しさに途方にくれしその日さえ今ふり向けばきらめきて見ゆ

孫の世も平和にあれと思いつつ柚子苗植えし土ふみしめる

ひまかけてこはぜをかける地下足袋の底につたわる土のぬくもり

地下足袋を履けば足もと定まりて卒寿の姉と大豆まき終う

光のアート

武者祭り光のアートの前夜祭ほのかに古き町並みぅかぶ

半被着て橋をかけゆく児らの見ゆ祭り囃子の屋台ちかづき

お御輿《みこし》に拍手送ればありがとう即座にかえる若者のこえ

手をつなぐ幼のごとし彼岸花石の割れ目にながくならべり

渡御《とぎょ》おえてかえる神輿《みこし》のお練りうた夕日の川を渡りてきこゆ

この土堤の夕べは怪しわが影のむこう堤をとぼとぼ歩む

地震も無くテロもあらざる一日のおわりの空を鴉なきゆく

虫の音もたえて久しき野の空を衛星らしも赤くとびおり

真間川

里山をおそきもみじのいろどりて上総野は今朝うすき霜おく

年の瀬の雨にこもりて拾いたる仔猫の餌をやわらかく煮る

きょうも無事生きいく手立て人工の関節に貼る二枚のカイロ

暖かき火燵かかえて憶いおり人に仕えし遠き雪の日

真間川の桜の下を往来して人に仕えし遥かなる日よ

あの人もこの人も逝き音沙汰のなき世にひとり畑打ちており

菩提寺の鐘の音聞こゆ山畑に今年もふとき大根をぬく

西風《にし》つよき夕べの空は帰りゆく鳥影もなくたちまち暮るる

野焼きして残れる燠《おき》か二つ三つ赤く見えしがやがて消えたり

夜の更けて荷物とどけし若者はがんばりますと笑顔見せるも

木枯らしの吹く夜のおそき娘のメール火の用心を繰りかえし言う

うぶすなの椎の古木に群がりしサイカチのふと夢に出でくる

ふと覚めて消しわすれたるラジオより北陸の夜の吹雪く音聞く

枇杷の実

去年のまま瓶《かめ》に残れる魚の子のはつかな緋色うすらいに透く

たどり来しさまざまの新春《はる》しのびつつ仔猫と祝ふ七草の粥

こんにゃくと食用ゆりを植えこみぬ笹鳴き聞こゆ山の畑に

一本のゆり根を掘りて味わえりひとり暮らしのたのしく侘し

いもうとの形見となりし蔓かごに思い出たどりつつ蕗のとう摘む

ゆりの根を掘りつくしたる猪の見上げておらむ崖の白ゆり

ひび入りし皿も磨きて重ねおく五月の風の吹きゆく厨

いもうとに種をもらいしえんどうの豆のご飯を炊きて供うる

初もぎのきゅうりを刻むまな板に若菜を透きし朝日さしくる

求めきし包丁あまりに光りおり箱に戻して深くしまえり

からすらの気付かぬうちにと味わいし山畑の枇杷いたく酸っぱし

大バッタ羽根光らせて炎天のバイパス一気に跳ぶを見まもる

私のすべて

もり上げる土あたたかし九十のひとりに足るるじゃがいも植える

老いもまた愉しと思うばーちゃんの糠みそ分けてと孫の言い来る

生きている証のごとく尾をふりてめだかの稚魚は水に透きおり

雑魚しじみ子らと掬いし日もはるかこの川べりに一人くらすも

末の子と手を取り合いて駈けぬけし出水にゆれる橋の想い出

朝毎にペダルをつよく踏みしめてこの橋わたり働きし日よ

青雲のこころ抱きて吾子らみな渡りてゆけり古きこの橋

今日という新しき日を迎えたり齢かさねて知りしよろこび

光りつつ流れて止まぬ夷《い》隅《すみ》川《がわ》ひとのみ老いて橋をゆき交う

思い出は私のすべて思い出のこもるわが家を目指して歩む

緑の中の、愛の歴史

雪舟えま

宇佐美ゆくえさんの、七百首に近い数の歌を読みおえたとき、濃厚な自然の息吹や圧縮された時間の気配に、私はすっかり酔いしれていました。歌集を読んでこんな後味を味わえるものなのか、としばらく、放心していました。

夷隅川が大きく蛇行する千葉県の中ほどの里山にお住まいだというゆくえさんの、日々をすごす自然の景色や、想いや感覚がいまは私の一部となり、生まれたばかりの新しい星、鈴のように胸の中をころころと転がっています。

この川のほとりに住みて大方の思い出はみな水にかかわる

打合せすみいるごとし鷺の群れ朝の河原をつぎつぎに発つ

「夷隅川」

けもの道たどりて行けば小さなる湧き水ありて空を映せる
「槇垣のむこう」

娘とかわす携帯電話を山あいにかざして送るほととぎすの声
「七ふしの来て」

私は北海道で生まれそだちましたが、二十代半ばくらいまで、なじんでいる自然といえば都市部の公園や、団地の周囲に残る雑木林くらいでした。手つかずの大自然というものの前では、私はいつもお客さんかよそ者として滞在をゆるしてもらう立場でした。

ゆくえさんの自然との距離感は、かぎりなくゼロに近いものです。川のせせらぎや季節の植物、そこに住まうけものや虫たちのことがつねに心の中にある生きかたは、ゼロというよりもむしろ自然に浸食されているかのようで、私にとっては、こわくもあればうらやましいものでもあります。

もぐら除けを背負いてゆけば頭上にてプロペラ廻り何故かおかしき
「机がわりの板」

荒らされし唐もろこしの実に残るおさなき歯形見つつなごめり
「提灯持ちて」

ゆりの根を掘りつくしたる猪の見上げておらむ崖の白ゆり
「枇杷の実」

自然を詠った歌、そして家族――なかでもご主人を詠った歌が、ゆくえさんの歌集のふたつの大きな柱だと思います。ご主人の物忘れがはげしくなってきたころのものと思われる「小法師」から、他界される前後の「遠ほととぎす」「梅咲けば」までに描かれる、長く連れ添った夫婦の時間。ご主人はなんて繊細で優しいひとだったのだろう、ゆくえさんはなんて深く愛しておられたのだろう、と、きっと私の将来にもかならず来る、夫との別れのときを重ねあわさずにはいられませんでした。

身弱なる夫をたよりに来し方の心細きもいつか忘れぬ　「とめぐり橋」

小法師に師とあおがるる夢見しと朝の夫は衿を正せり
久びさに歌が成りしと散歩より夫はあかるく家に入りくる　「小法師」

詫びながらわが名きかるる淋しさを菜を間引きつつ思い出しおり　「寒わらび」

梅咲けば手帳を持ちて佇める夫のすがたの憶い出さるる
きびしかる勤めは云わず帰りきて子を抱きあぐる夫の横顔　「梅咲けば」

地をはいて嵐の中を帰り来て夫は嘆きぬ使わるる身を
「アイオン台風と沖縄の旅」

あまりご丈夫ではなかったご主人は、歌作の仲間でもあり、風景に目をとめて手帳を片手に佇むような詩心あふれるひとだったのですね。そのようすを眺めるゆくえさんの優しいまなざしを借りて、いつしか私もご主人のことを、すごく素敵なひとだなあと見つめていました。

そのご主人とのあいだに恵まれた二男三女のお子さん、さらにお孫さんの登場する歌もたくさんあります。そしてお孫さんが連れてくる、また優しそうな恋人の青年の歌も。家で飼われる犬や猫をはじめ、軒下に巣を作ったつばめ、畑を訪れる猪やもぐらや鳥といったたくさんの動物たちもまた、ゆくえさんの世界を彩る重要な、愛すべきものたちです。

おおぜいで暮らす家族の毎日には、うれしいできごとと同じくらい、悲しいことや心のすれちがうことも多かったでしょうに、ゆくえさんの歌には憂鬱なものがありません。身じろぎもできなくなったというご主人の介護の歌でさえ、ふしぎな明るさや安らぎに包まれています。おそらく、お勤めに畑仕事にと、ずっとまめまめしく立ち働き自ら手を動かしてきたひとには、悩んでいるだけという暇はなかったのだろうと想像します。

夷隅川のほとりから、ひとつの家族の愛の歴史が、こんなにも惜しみないかたちで私たちに届けられたことがうれしくてなりません。

（歌人・小説家）

あとがき

宇佐美ゆくえ

夷隅川《いすみがわ》は千葉県、房総半島南東部を幾度も蛇行して流れる全長六十八キロメートルの二級河川です。そのほとりの山かげに暮らし始めたのは戦後、結婚して間もなくのことです。今でも幼い長男と勤めの帰りの遅い主人を山裾の一軒家で待っていた心細さを思い出します。

あれから七十年近くの日々を過ごし私は九十路の身になりました。

これまで日々の暮らしの日記のような短歌を細々と詠ってこられましたのは、地元大多喜短歌会「あじさゐ」その後の「たけゆら」のお世話になってきたからです。熱心にご指導くださった先生方、短歌を通じてご厚情を頂いた歌友の皆さまにこの場をおかりして心より感謝を述べさせていただきます。

勤めを辞めてから家の周りに念願の果樹を植え、好きな草花を育て、畑仕事を楽しみ、そして短歌も生きがいにしてまいりました。

子供たちを育てた思い出や、長患いの末に見送った主人との思い出も歌の中に残り、つくづく短歌を続けてこられたよろこびを感じております。

日々の暮らしのなかでの塵のように積もった拙い歌ですが、このたび子供たちに手を借りて歌集にまとめることが出来ました。

歌人であり小説家でもある雪舟えまさんが、心あたたまる跋文をお寄せくださり、わたしの生涯に及ぶ短歌からわたしの人生まで読み解いてくださったことに深く感激し、身に余るよろこびを感じております。こころよりお礼申し上げます。

関東大震災のあった大正十二年（一九二三）二月に生まれ、青春期の日本はずっと戦争のさなかでした。東京湾に近い軍需工場で働いている時におそろしい空襲に遭いました。人が人の心を失うような悲惨なことも見ました。

ありきたりですが平和を願い、自然環境の大切さを思い、ささやかに生きた一老婆の歌集をまとめることが出来てしあわせです。

お読みになってくださった皆さまに心よりお礼申し上げます。

ありがとうございます。

平成二十七年四月吉

宇佐美ゆくえ◎うさみ　ゆくえ

本名：宇佐美行栄

一九二三年二月生まれ
　　千葉県大多喜町小谷松出身

一九四六年、宇佐美二三男と結婚

一九六七年、大多喜町学校給食センター勤務
　　大多喜町立保育園給食室勤務

一九八一年、退職

夷《い》隅《すみ》川《がわ》

二〇一五年五月十五日　初版第一刷発行
二〇二三年三月　三　日　初版第二刷発行

著　者　宇佐美ゆくえ
編　集　ユノこずえ
　　　　金原千栄子
絵　画　宇佐美とよみ
装　幀　西田優子
発行者　上野勇治
発　行　港の人
神奈川県鎌倉市由比ガ浜三―一一―四九
〒二四八―〇〇一四
電話〇四六七（六〇）一三七四
ファックス〇四六七（六〇）一三七五
https://www.minatonohito.jp
印刷製本　シナノ印刷
ISBN978-4-89629-298-5